AF297430

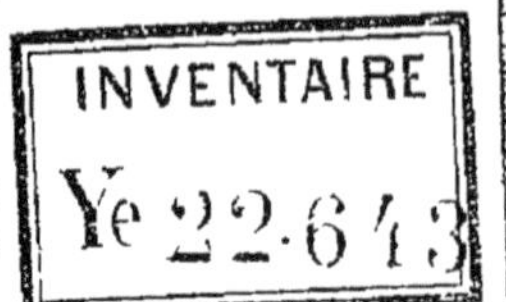

LES EAUX

POÈME

PAR

M. LE Dr FOUCAUD DE L'ESPAGNERY

Prix : 2 francs.

PARIS

CHEZ DENTU, LIBRAIRE

galerie d'Orléans, 13, au Palais-Royal

AUX GARES DE CHEMINS DE FER

ET RUE MÉZIÈRES, 6

près la place St-Sulpice.

LES EAUX

POËME

SAINT-DENIS. — TYPOGRAPHIE DE DROUARD.

LES EAUX

POËME

PAR

M. LE Dr FOUCAUD DE L'ESPAGNERY

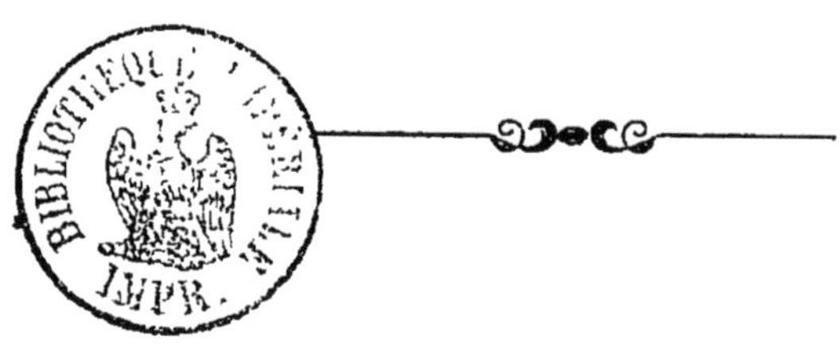

PARIS

CHEZ DENTU, LIBRAIRE

galerie d'Orléans, 13, au Palais-Royal,

AUX GARES DE CHEMINS DE FER

ET RUE MÉZIÈRES, 6

près la place St-Sulpice.

1858

TABLE.

Maladies du thorax, de la gorge, du larynx, de la trachée, des bronches et de la poitrine en général.

Maladies abdominales.

Maladies du foie.

Maladies de vessie.

Maladies spéciales (femmes).

Maladies spéciales.

VIII. — Stérilité, et tout ce qui peut en dépendre comme causes ou comme effets. . . . . . . Page. 27

Maladies de peau.

IX. — Dartres, lèpres, etc., etc. . . . . . Page. 30

Maladies spécifiques (Syphilis).

X. — Et tout ce qui peut en faire partie comme causes, effets et traitements mal entendus. . . . . Page. 33

Maladies écrouelleuses.

XI. — Boutons. — Cicatrices. — Décolorations. — Caries. — Abcès-froids. — Ulcères, etc., etc. . . Page. 36

Maladies Fiévreuses.

XII. — Anciennes. — Intermittentes. — Ayant résisté à tous les traitements. . . . . Page. 39

Diabètes.

XIII. — Diabète sucré. . . . . Page. 51

Maladies par débilitation.

XIV. — Affaiblissement. — Épuisement. — Exténuation. — Anémie. . . . . Page. 44

FIN DE LA TABLE.

PRÉFACE.

Pour celui qui gémit, qui souffre et se lamente,
Ce n'est pas tout souvent de trouver un docteur ;
Il a besoin aussi d'une voix caressante,
Qui déride son front et console son cœur.
Dans l'amour des humains hautement affermie
L'âme du médecin n'est qu'un écho du ciel.
Et je te bénirai, Muse, ma douce amie,
Si j'ai pu, l'amusant, soulager un mortel.

I

Considérations générales sur les Eaux. — Bienfaits qu'on en retire au point de vue de la santé humaine. — Leurs avantages au moral comme au physique. — Perspectives, sites délicieux, paysages variés qui d'ordinaire avoisinent les sources d'eaux minérales. — Bains de mer. — Leurs propriétés. — Les charmes qu'ils offrent à tous les visiteurs et baigneurs. — Rivages maritimes. — Brises de l'Océan.

S'il fut jamais objets faits pour charmer la peine,
Conjurer les soucis dont nous portons la chaîne,
Chasser de notre esprit ces noirs pressentiments

Qui nous font sans raison mourir à tous moments,

Rafraîchir nos esprits, quand par quelque routine

Le cerveau fatigué tout de travers chemine,

C'est l'aspect des rochers, des arbres, des ruisseaux,

Des gazons verdoyants où paissent les troupeaux.

Mais si, comblant nos maux, le destin s'étudie

A mêler nos ennuis avec la maladie,

Et dérangeant en nous ce jeu mystérieux

Qui fait de chaque humain un tout si merveilleux ;

Ou, si troublant des jours les plus brillants du monde,

Il change notre joie en tristesse profonde,

Le ciel qui nous fit naître et nous vient éprouver,

Des maux qu'il nous envoie aime à nous délivrer.

Il a semé partout, sur les monts, dans les plaines

De gracieux ruisseaux, des sources, des fontaines,

Que le feu de la terre, en de vastes creusets,

Mélange incessamment de mille agents secrets.

C'est là que nos ressorts, troublés par la souffrance,

Retrouvent dans les eaux, consolante espérance !

La force, l'harmonie et cette activité

Qui causent notre joie et font notre santé.

Salut à vous, rives charmantes,

Que la mer au vaste contour

De ses montagnes écumantes

Vient visiter deux fois le jour.

Et vous, cités hospitalières :

Le Hâvre, Boulogne, Pornic,

Biarritz, Dieppe, le Croisic,

C'est vous dont les vagues amères,

Devenant filtres salutaires,

Aux enfants de Paris comme à ceux d'autres parts

Du midi jusqu'au nord sur vos plages épars,

Par vos brises, vos flots savez rendre la vie

Que les sombres cités leur ont presque ravie.

MALADIES NERVEUSES.

Paralysies. — Paraplégies. — Névralgies. — Névroses et leurs concomitances.

Allez à Balaruc, à Luchon, Saint-Amand,

Boiteux, de qui le mal provient d'un coup de sang.

Et, vous, dont les douleurs, sous le nom de névroses,

Cachent dans l'inconnu leurs déplorables causes,

Demandez à Pfeffers, Luxeuil, Néris, Ussat [1],

De vous débarrasser d'un si fâcheux état.

[1] Voir à la fin du volume le *Dictionnaire des eaux*.

MALADIES DU THORAX

DE LA GORGE, DU LARYNX, DE LA TRACHÉE, DES BRONCHES ET DE LA POITRINE EN GÉNÉRAL.

Enrouement. — Toux. — Catarrhes. — Crachements de sang, aphonie. — Asthme nerveux. — Emphysème pulmonaire. — Maladies du cœur, de l'Aorte et du Péricarde.

Si c'est dans le gosier, les bronches, la trachée,
Que quelque sombre gêne en vous soit attachée,

Pressez tous les instants : vos premiers intérêts

Sont de gagner Enghien, Eaux-Bonnes, Cauterets.

Et si du cœur par trop vous sentez la fréquence,

En redoublant de soins redoublez de prudence ;

N'allez pas, confondant le cœur et l'estomac,

Aborder Kissingen quand il vous faut Weilbach [1].

[1] Voir à la fin du volume le *Dictionnaire des eaux.*

IV

MALADIES ABDOMINALES.

Pertes d'appétit. — Douleurs et pesanteurs d'estomac. — Bruits viscéraux. — Coliques fréquen-
tes. — Relâchement intestinal. — Dessication
intestinale ou constipation. — Maladie noire
ou le *Spleen*. — Douleurs et dérangements de
toutes sortes à la partie la plus inférieure du
tube digestif.

Mais si pour l'abdomen, l'estomac ou la rate
Vous vîtes trop longtemps la médecine ingrate,
Je vous dois conseiller, pour plus d'une raison,

D'aller vous installer, au moins une saison,

Soit à Vals, à Royat, Plombières ou Bourboule,

A Vichy, Bussang, Ems, où, chaque été, la foule

Des bords les plus lointains se hâte d'accourir

Pour causer, s'amuser, et souvent se guérir.

Parlons un peu de tout. Vous m'excusez, je pense,

Si pour chaque misère et pour chaque souffrance,

Je vais chercher en nous, comme en un arsenal,

Ce qui fonctionne bien, ce qui fonctionne mal.

Je voulais vous parler de ces cuisantes gênes,

Qui font tant d'embarras, qui causent tant de peines,

Et proviennent, pardon ! si le mot sonne mal,

D'un grand relâchement du tube intestinal.

Dans un semblable cas, cher malade, on va vite

A Sylvanès, Bigorre, Audinac, prendre gîte.

Mais si, par cas contraire, en vous les intestins

Se montrent paresseux ou rétifs ou mutins.

Atteignez Kissingen, et, si c'est nécessaire,

Hombourg, Carlsbad, Soden, Niederbronn, St-Nectaire,

Orezza, Marienbad, et vous verrez bientôt

Ce qui ne veut pas fuir s'encourir au galop.

Il nous faut voyager. Bien souvent l'apathie

Développe, encourage et sert la maladie.

Et, vous, dont la douleur se cache à tout venant,

Ce qui fait que le mal n'en est que plus gênant,

Qui ne pouvez jamais demeurer à votre aise

Sans avoir constamment un rond sur votre chaise,

Si jamais vous avez un échec à Carlsbad,

Comptez sur Saint-Gervais et sur Marienbad [1].

[1] Voir à la fin du volume le *Dictionnaire des eaux*.

V

MALADIES DU FOIE.

Engorgements. — Pesanteurs. — Endurcisse-
ments. — Atonie. — Inflammation chronique.
— Suppression ou surabondance de bile —Calculs biliaires. — Cirrhose.

Avez-vous la jaunisse, ou de ces maux de foie

Qui ne permettent plus, sommeil, repos ni joie,

De ces longs embarras viscéraux et profonds

Où tous les traitements ne vont qu'à reculons,

Croyez-moi, pour changer en bien votre malaise
Rendez-vous sur-le-champ aux sources de Sermaise ;
Voyez Ems, Ischia, Bade, Orezza, Vichi,
Pougues, Néris, Postdam et Monte-Catini [1].

[1] Voir à la fin du volume le *Dictionnaire des eaux*.

VI

MALADIES DE VESSIE.

Catarrhes, rétention d'urine, inflammations chroniques. — Gravelle. — Calculs.

Et si votre souffrance est, chose plus cruelle,
Le produit de la goutte ou bien de la gravelle,
C'est Evian, Vichy, Pougues ou Saint-Sauveur
Qui pourront terminer le mieux votre douleur.

Si pourtant votre cure et longue et difficile

Trouvait sans résultats Ems et Contrexeville [1]

Pour éviter des eaux l'inutile lenteur,

Invoquez le secours d'un bon lithotriteur.

[1] Voir à la fin du volume le *Dictionnaire des eaux*.

VII

MALADIES SPÉCIALES (FEMMES).

Tristesse. — Langueurs. — Abattements. —
Pâles-couleurs. — Hystérie.

Si cette chère enfant qui cause vos délices

Et fut de vos amours les plus douces prémices,

Passe ses jeunes ans dans les sombres langueurs,

Dans la verte chlorose ou les pâles couleurs,

N'allez pas croire, ami ; — contre les sots je plaide —

Que dans le mariage en soit le vrai remède.

Ici comme toujours, et tout au premier rang,

Pour donner des conseils se trouve un ignorant,

Un coupable, à vrai dire, un niais, par balourdise

En place du bon sens qui met une sottise.

En des flots d'un air pur, aux bords de l'Océan,

Aux Alpes, en Provence, emmenez votre enfant.

C'est la chair de mouton et le jus de la treille

Qui rendront votre fille encor rose et vermeille.

Mais si malgré ces soins le mal fait des progrès

Et que pour obtenir un durable succès

D'autres moyens il faille invoquer l'assistance,

Ne considérez pas le temps ni la distance ;

Mettez-vous en chemin, votre trésor au bras ;

A Molitg, à Néris rendez-vous à grands pas.

Que par monts et par vaux avec ses camarades

Elle use la saison en jeux, en cavalcades,

Et seconde des eaux les merveilleux effets

En gorgeant ses poumons de l'air pur des bosquets.

Et puis nous n'avons pas qu'une source en Europe :

L'une ne fait pas bien, vers l'autre l'on galope.

2

Plombières, Schlangenbad, Baden, Bourbon-Lancy [1],

Vous offrent, tout l'été, leurs services aussi.

Et quand elle aura bu de cette eau salutaire,

Votre fille en santé viendra revoir sa mère ;

Et près du feu le soir, père, mère contents

Pourront enfin songer à des petits enfants.

[1] Voir à la fin de volume le *Dictionnaire des eaux*.

VIII

MALADIES SPÉCIALES.

Stérilité, et tout ce qui peut en dépendre comme
cause ou comme effets.

Mais que vois-je ?... En chemin accablé de tristesse
Ce couple jeune encor garde un air qui me blesse.
Quelque trépas sans doute, en frappant à son seuil
Put sur ces jeunes fronts mettre ce sombre deuil.
—Non. Ce qui les consume et les prive de joie
C'est un chagrin secret que Dieu lui seul envoie.

Ils voudraient le bonheur , si gai, si consolant,

De voir entre leurs bras arriver un enfant.

Eh bien ! mes chers amis, sur ma foi de poëte,

N'allez pas de chagrin trop vous casser la tête.

Ne désespérez pas. Esculape souvent

Découvre ces chagrins et les met à néant.

Mais quand à vos ennuis de lui-même il vous laisse,

Ne perdez pas de temps à sécher de tristesse :

Allez à Wiesbaden, Ax, Luchon, Gastein [1]

Et vous pourrez compter sur un succès certain.

Un prince cependant qu'on aime encore en France

A pourtant vu les eaux tromper son espérance ;

Et qui sait les douceurs de l'amour paternel

Prend une juste part à son destin cruel.

Mais du ciel, bien souvent, la volonté suprême

Cache dans les revers une faveur extrême.

Quand Louis Quatorze vint, Paris avec amour

Salua sur son front l'aurore d'un beau jour.

Il devina chez lui dès ses jeunes années

[1] Voir à la fin du volume le *Dictionnaire des eaux*.

Ce rayon qui préside aux grandes destinées ;

Ce riche météore ou ce soleil puissant

Qui console les cieux et la terre en naissant.

Il ne se trompait point. On cherche encore au monde

Un temps qui pour la gloire à ce siècle réponde :

Et dans notre pays qu'on me cite un endroit

Qui ne porte en traits d'or la trace du grand roi.

Quand la France inscrivait sa gloire la plus belle,

Elle avait de Louis le portrait devant elle.

Si le ciel soucieux vise à quelque grand coup,

Les chemins pratiqués ne sont point de son goût.

Car, pareille à Sara dont l'histoire nous touche,

La mère de Louis dans un grand âge accouche

D'un enfant qui ne but que le lait de son sein.

Et cet exemple-là, que je cite à dessein,

Laisse encor de l'espoir à bon nombre de mères ;

Et doit bien consoler tous les retardataires.

IX

MALADIES DE PEAU.

Dartres, lèpres, etc., etc.

Ici, l'onde pour nous qui coule du rocher
N'attend plus de ces maux qui peuvent se cacher ;
C'est devant le soleil et luttant face à face
Qu'on verra sa vertu devenir efficace.
Si donc, ce fin tissu dont le vaste contour
Nous tient dans son étui la nuit comme le jour,

S'égratigne, se pèle et se couvre de croûtes

Comme ces pins brunis qui croissent sur les routes;

Et puis, qu'à nous gratter devenant impuissant,

Chaque doigt après lui laisse un sillon de sang,

Vous voulez mettre un terme à vos nuits douloureuses,

Visitez sans retard les sources sulfureuses.

Aux portes de Paris, en ces belles villas,

Près de son lac paisible, Enghien vous tend les bras.

De Baréges, Gazost, Neyrac, Aix-la-Chapelle

Avec la même ardeur la vogue vous appelle.

Sans compter qu'a vos choix s'offrent la Poretta

Cambo, Molitg, Bade, Olette et Guittera.

Si vous avez du temps et l'amour du voyage,

Pourquoi n'iriez-vous pas visiter Uriage,

Loëche, Saint-Sauveur, Saint-Gervais, Pierrefonds,

Pour y laisser le feu de vos démangeaisons.

Mais, si chez vous des nerf les papilles exquises

A de vives douleurs peuvent trop donner prises,

Croyez en mon conseil, contre un pareil état,

Choisissez Schlangenbad, Néris ou bien Ussat.

Vous pourriez, il est vrai, faire assez bien encore

D'essayer, au besoin, Bagnoles ou Bigorre [1],

Dont les eaux n'ont que peu le principe soufré

Et produisent par suite un bain plus modéré.

[1] Voir à la fin du volume le *Dictionnaire des eaux.*

X

MALADIES SPÉCIFIQUES (SYPHILIS).

Et tout ce qui peut en faire partie comme causes,
effets et traitements mal entendus.

Des tourments ci-desssus, peine non moins funeste,
Source, germe fatal, venin, souillure ou peste
Un mal qui vous confond, vous mine, vous détruit,
Aussi parfois des eaux vient reclamer l'appui.
Et leur douce vertu toujours compatissante

Se montre à tout blessé propice et consolante.

Elle imite les doigts et les sens du docteur

Que n'ébranle jamais ni l'aspect, ni l'odeur.

Et de quelques côtés que vienne la blessure,

Quelque temps, quelque soin que demande la cure,

A toute heure, en tout lieux, comme dans tous les temps

Esculape à soigner ne voit que ses enfants.

Ainsi, vous, que Vénus dans ses joûtes entraîne,

Pour vous laisser ensuite écloppés sur l'arène,

Ne perdez pas l'espoir ; vous aurez dans les eaux

Un baume à vos douleurs, un rémède à vos maux.

Puis, disons-le tout haut, bien que dans notre France

Nous n'ayons plus la peur ni l'antique ignorance,

Il est encor permis de faillir par instants.

Et l'on sait tout le mal que font les charlatans,

Ces gens audacieux qui, bien que l'on s'en plaigne,

N'en étalent pas moins boutique avec enseigne ;

Et de nos magistrats bravant l'autorité

Couvrent de leurs engins les murs de la cité.

Et les infortunés qu'un sombre ennui tracasse

Courent en tâtonnant donner droit dans la nasse.

Or, de tous ces abus il peut bien arriver,

Qu'au lieu de guérison, l'on ait vu dériver

Ce ravage qui tient toute l'économie,

Des remèdes plutôt que de la maladie.

Mais vienne l'accident du rémède ou du mal,

Voici, pauvre blessés, votre guide thermal,

Voici chaque piscine où l'été nous appelle :

— Cauterets, Montmirail, Aulus, Aix-la-Chapelle,

Loëche, Spa, Schinznach, Bagnères-de-Luchon,

Aix-en-Savoie, Heilbrun, Challes, Ischl, Saxon [1];

Et vous nous reviendrez, votre saison finie,

Riches comme devant d'une grâce infinie,

Sans oublier pourtant, même en vos plus beaux jours,

Qu'à sa jambe de bois l'on doit songer toujours;

Et gardez ce dicton, très-vrai ; je le proteste :

« *Tant va la cruche à l'eau qu'à la fin elle y reste.* »

---

[1] Voir à la fin du volume le *Dictionnaire des eaux.*

XI

MALADIES ÉCROUELLEUSES.

Boutons. — Cicatrices. — Décoloration. — Caries.
— Abcès-froids. — Ulcères, etc., etc.

Mais un mal que rapproche encor la parenté

Du fléau qu'à l'instant je vous ai raconté,

Ces ulcères hideux, ces stigmates rebelles,

Ces blocs, ces abcès-froids, que l'on nomme écrouelles,

Pour quitter des humains les tissus altérés

Demandent des moyens trop souvent ignorés.

Ce n'est pas une fiole avec son sirop fade

Qui va débarrasser notre pauvre malade.

Il faut de grands agents comme ceux dont les eaux

Nous offrent chaque jour les aimables cadeaux.

Menez ces bras maigris, ces mains décolorées,

Sentir les vents de mer et le choc des marées.

Les jeux sur les rochers le matin et le soir

Echangeront bientôt vos craintes en espoir.

Et votre arc, Dieu-merci, compte plus d'une corde ;

Même avec votre but cela très-bien s'accorde :

Lorsque vous aurez vu Boulogne et Biarritz

Qui vous prive de voir Barèges et Tœplitz ;

D'aller à Kissengen, Challes, Wildeg, Kreuznach ;

D'essayer de Nauheim, Iwonicz et Schwalbach [1] ?

Ce n'est qu'en mettant tout de la sorte en usage

Que d'un mal aussi grand on éteint l'héritage ;

Qu'après si longs essais, des succès si divers

[1] Voir à la fin du volume le *Dictionnaire des eaux.*

On peut enfin se mettre à l'abri des revers.

Encor ; bien que certain — comme un homme peut l'être

Quand il s'agit d'un mal infiltré dans son être —

D'avoir vu pas à pas l'un après l'autre fuir

Ces accidents toujours si prêts à revenir,

Faut-il quand les beaux jours visitent nos parages,

A quelques eaux encor faire quelques voyages.

Ce n'est pas tout de vaincre, il faut aussi savoir

D'un durable succès garder le doux espoir.

XII

MALADIES FIÉVREUSES.

Anciennes intermittentes, ayant résisté à tous les
traitements.

Le remède et le mal, secret de la nature,
Dans leurs luttes parfois laissent s'enfuir la cure.
Et j'ai vu les kinas dans la fièvre puissants
Désoler Esculape, et tout ses déservants.

Dans ces cas malheureux, jamais d'alerte fausse,
Visitez Orezza, Cransac, Bourbonne, Encausse[1] ;
Et vous verrez cesser ces pénibles frissons
Qui vous ont tourmenté de toutes les façons.

[1] Voir à la fin du volume le *Dictionnaire des eaux*.

XIII

DIABÈTES.

Diabète sucré.

Par un de ces hasards qu'au monde rien n'explique,
Et tout aussi hasard pour la gent scientifique
Que pour le plus malin de Saintonge ou d'Artois,
Croirait-on qu'en nos corps il arrive parfois
Que toutes les liqueurs, se confondant sans doute,

Fermentant, s'altérant, ou faisant fausse route,

Et se recomposant en ces nouveaux sentiers,

Peuvent changer, sans bruit, nos corps en sucriers ?

Oui, le sucre dans nous, et la chose est fort grave,

Bien que nous ne soyons canne, ni betterave,

Se trouve en tel état que le dégustateur

Y trouve le fini du sucre le meilleur.

Mais la Faculté dit que cet état de choses

Provient toujours, hélas ! des plus fàcheuses causes,

Et qu'il faut se hâter dès le point de départ

De résister au mal, et faire au feu sa part ;

Que sans cela, pareille au feu de l'incendie,

Bientôt par tout le corps gagne la maladie ;

Et le temporiseur affaibli, consumé,

Entre quatre sapins serait vite enfermé.

N'attendez pas cette heure inutile et coûteuse,

Du mal que vous portez l'apparence est trompeuse.

Atteignez prestement, après avoir choisi,

Carlsbad, Vals, Ems, Evian, Soultzmat, Seltz ou Vichy [1],

[1] Voir à la fin du volume le *Dictionnaire des eaux*.

Et bientôt par l'effet de ces eaux salutaires

Vos liquides prendront leurs allures premières ;

Et vous, redevenu comme tous les humains,

Vous n'irez plus sucrer tous les bouts de chemins.

XIV

MALADIES PAR DÉBILITATION.

Affaiblissement. — Épuisement. — Exténuation.
— Anémie.

Mais si chez vous le sang, la lymphe ou bien peut-être
Quelque principe encor que l'on n'a pu connaître,
Ont produit pas à pas ces amaigrissements
Qui nous font nous chercher parmi nos vêtements,
Et ruinant à fond toute l'économie
Ont dans tous nos tissus propagé l'anémie,

Il ne faut pas rester collé sur son fauteuil :

Il faut voir Lamalou, Pyrmont, Cransac, Auteuil.

Et si d'autres endroits il faut tenter encore

Prenez Passy, Saint-Mart, Bagnères-de-Bigorre [1].

Ajoutez à ces eaux quelque breuvage amer

Et même, s'il le faut, allez aux bains de mer.

Alors à votre sang la fibrine rendue

Ramenant la vigueur que vous avez perdue

Fera briller pour vous ces jours purs et sereins

Qu'au retour d'un naufrage éprouvent les marins.

[1] Voir à la fin du volume le *Dictionnaire des eaux*.

3.

XV

MALADIES RHUMATISMALES.

Rhumatisme général. — Articulaire. — Lombaire,
etc.

Bien que j'ai parcouru déjà bonne carrière,

Je trouve qu'un long bout me reste encore à faire.

Quand on peut aisément être utile au prochain

On ne doit pas toujours remettre au lendemain ;

Comme Achille en sa tente attendre que l'on vienne

Pour démarrer vos pieds entonner une antienne.

Que serait le savoir ? Moi, j'ai toujours compris

Qu'un bienfait trop tardif est un bienfait sans prix.

Aussi, comme je puis le dire en assurance

Et sans prétention et sans nulle jactance,

Mon but en inscrivant nos misères, nos maux,

En traçant pour chacun le chemin de ses eaux,

Sera bien dépassé si j'ai pu sur la route

Faire aller lestement un goutteux sans sa goutte.

Dans cette espoir je vais m'occuper à présent,

Du malheureux goutteux et du rhumatisant.

Jusqu'ici tous les maux dont j'ai fait l'inventaire,

Pour lesquels en avant j'ai mis mon ministère,

Bien de mon propre gré, bien débonnairement,

Car, qui m'en a prié ? Personne assurément ;

Ces maux, dis-je, laissaient encore les personnes

Aller, venir, courir, les jambes étant bonnes ;

Et placé comme un Therme, en tête du chemin,

Je voyais près de moi passer le genre humain.

Mes conseils s'adressaient aux filles comme aux mères,

Et regardaient les fils aussi bien que les pères ;

Mais voici se montrer tout un ordre d'ennuis

Qui n'atteignent souvent que le père et les fils ;

Un mal qui met parfois la science en déroute ;

Vous l'avez deviné, je veux dire : *la goutte.*

Les sources qui contre elle ont le mieux réussi

Sont, au dire de tous, les sources de Vichy.

L'expérience est là. Cette source alcaline

Contre la vieille goutte est puissante et divine.

Et pour mille raisons, on peut bien tour à tour

Voir Tœplitz, Kissengen, Wiesbaden et Hombourg ;

Prenant garde pourtant que ces sources actives

Ne rendent l'accès long et les douleurs plus vives.

Mais pour que les tophus s'en aillent comme il faut

Il faut gagner Carlsbad ou bien Puzzichello [1].

Si le goutteux m'en croit, dès que l'été s'avance,

Souffrant ou non, les eaux reverront sa présence.

Pour pareil ennemi portez si loin vos coups ,

Qu'il ne puisse jamais revenir jusqu'à vous.

[1] Voir à la fin du volume le *Dictionnaire des eaux.*

Pour le rhumatisant c'est bien une autre affaire :

Ce mal sort tout à fait de la règle ordinaire.

L'on ne peut sans danger aller à vol d'oiseau

Dire : « Pour vous guérir buvez telle ou telle eau. »

Si le rhumatisant est prudent, fin et sage

Il ira voir avant de se mettre en voyage,

Un docteur éclairé, qui lui dira s'il doit

Aller prendre les eaux ou bien rester chez soi.

Qui lui dira surtout si les eaux lui sont saines,

S'il doit gagner le Nord ou partir pour Vincennes

La règle de conduite en un semblable cas

Sans bien tâter le pouls ne se formule pas.

XVI

MALADIES CHIRURGICALES.

Foulures. — Entorses. — Vieilles contusions. —
Fausses ankyloses. — Suites de fractures, etc.

Si le ciel a voulu, quelle qu'en soit la cause,

Au coude, aux pieds, aux mains, vous mettre une ankylose ;

Ou d'une vieille entorse exaltant les douleurs

Ne vous laisser marcher qu'en vous tirant des pleurs,

Cherchez partout des eaux dont la chaleur constante

Porte des minéraux la trace bienfaisante ;

Et de la sorte aidé le calorique enfin

De vos tourments nombreux amènera la fin [1].

[1] Voir à la fin du volume le *Dictionnaire des eaux*.

XVII

MALADIES CHIRURGICALES TRAUMATIQUES.

BLESSURES DE GUERRE.

Contusions. — Coupures. — Déchirures. — Dé-
labrements. — Fractures. — Luxations. — Ar-
rachements. — Broiements. — Amputations.
— Cicatrisations bonnes et mauvaises. — Douleurs après guérison, etc.

Comme si les humains n'avaient par leur nature
Des tourments assez forts et la vie assez dure,
Pour un but que l'on nomme une raison d'état,

Il fallait qu'on les prît, les enregimentât

Pour aller n'importe où, sur la mer et sur terre,

Exercer le métier qu'on appelle la guerre.

Or, de telle façon se fait ce métier-là

Qu'il en revient toujours beaucoup moins qu'il n'en va.

Et ceux qui de Caron n'ont pas vu les amarres,

Portant contusions, déchirures, escharres,

Ecloppés, mutilés, défigurés, sanglants,

N'offrent plus d'un humain que les cris déchirants.

Encore vient-on dire à qui le voudrait croire

Qu'en un pareil métier il est beaucoup de gloire.

Le tout est de s'entendre ; il n'est métier mauvais ;

Mais la gloire et le mal s'entendent-ils jamais ?

A moins d'être insensé, barbare ou sanguinaire,

Quel homme peut jamais oser vanter la guerre ?

J'ai bien ouï parfois, indigné, révolté,

Des gens sur un fauteuil, dans un habit ouaté,

Vanter les preux d'Attique et du Péloponèse,

Et mettre à leur niveau notre valeur française ;

Mais quand je leur disais de mes accents bretons :

« Soit : montons à cheval, et dès demain partons. »

J'entendais ce refrain, trop bien connu du reste :

« Partez, mon cher ami, mais quant à moi, je reste !... »

Ainsi dans les combats vous menez seulement

Le soldat qui, craintif, ne peut faire autrement ;

Et ce jeune officier à l'audace fougueuse

Qui recherche l'obstacle et l'heure périlleuse,

S'il oublie un instant et sa mère et sa sœur,

C'est qu'il veut de son sang acheter de l'honneur.

Dans notre sol de France, on le sait en Europe,

Comme on fut preux jadis, on l'est à notre époque.

Oui, grand vainqueur d'Yvry, si tu reparaissais,

Ce que tu les a vus tu verrais les Français.

Mais chaque homme en son for estime trop la vie,

Pour que d'aller la perdre il ait gaiement l'envie.

Il n'y consentira que le jour solennel

Où son sol menacé fera sonner l'appel.

Alors, en tous pays, frère à côté de frère,

Vous verrez les humains courir à leur frontière.

D'un danger imminent parlera le pouvoir ;

Et le trépas est doux quand il est un devoir.

— « Mais, me répondra-t-on, pacifique poëte,

» On ne ferait jamais une seule conquête.

» Si l'on veut se ranger à système pareil.

» Pour aider un combat Dieu retint le soleil.

» La guerre peut fort bien être un mal nécessaire,

» Un moyen d'empêcher de trop peupler la terre. — »

— Fi ! de vos sentiments et de votre discours ;

Dans un esprit sensé jamais ils n'auront cours.

Ils prouvent simplement votre droit de conquête,

Que le plus fort au faible à fait courber la tête.

Mais le droit du plus fort est-il bien le meilleur ?

Lafontaine l'a dit montrant un loup voleur.

Mais il n'est pas besoin de citer Lafontaine :

Conquérir c'est voler ; la chose est bien certaine,

Et nous le dirions bien si cent mille Espagnols

Saisissaient malgré nous Perpignan ou Bagnols

Et n'avons-nous pas vu celui qui nous gouverne

Arrêter Nicolas ? et puis de sa giberne

Se servant bel et bien, chacun des assiégeants

Lui prouver que chez nous l'on sait le droit des gens.

Le Turc allait frapper un coup sûr et funeste,

Mais la France a parlé : l'Herzégovine reste.

« Ne fais pas au prochain ce que tu crains pour toi, »
Telle est du droit des gens la nécessaire loi.

Mais j'aurai beau prêcher, il en sera de même
Que lorsqu'un capucin a prêché le carême ;
Les femmes, nonobstant tous ses doctes sermons,
N'en étalent pas moins leurs immenses jupons,
Et n'en trouvent pas moins chaque jour à l'église
Une place conforme au luxe de leur mise ;
Les buveurs, comme avant, hantent les cabarets ;
On danse, l'on s'amuse, on va voir les ballets.
Tous les ans on sermonne, et tous les ans de même
Le pécheur endurci suit la pente qu'il aime ;
Et lorsque sur la paix je vous fais un sermon,
Peut-être en vingt endroits l'on tire le canon.
Aillent donc les humains comme Dieu veut qu'ils aillent !
Qu'ils pratiquent la paix ou bien qu'ils se mitraillent,
Mon rôle est tout tracé : je ne puis faire mieux
Que de tendre la main aux blessés malheureux,
A ces dignes héros, à ces braves athlètes

Que n'ont pu rebuter sabres ni baïonnettes.

Ils ont pour eux des droits dans tous les cœurs tracés

Le vainqueur d'Austerlitz salua les blessés.

Aussi je suis heureux, ne pouvant pas mieux faire,

De leur dire comment leur guérison s'opère.

— Mes braves, au fémur, au coude, au coronal

Quelque trou mal fermé vous fait-il encor mal?

Dans ce poignet trop gros, se trouve, je parie,

Au fond de cette plaie un restant de carie.

Et ce pied douloureux que vous dites usé,

D'après tout son aspect porte un os nécrosé.

Puis ce bouton blafard d'où cette humeur circule

Aura tous les ennuis pour vous d'une fistule.

D'un voisinage tel vous ne devez cesser

De chercher chaque jour à vous débarrasser.

Pour cela vers Tœplitz dirigez votre course;

De Bourbon l'Archambault voyez aussi la source;

Et vous feriez très-bien aussi d'essayer l'eau

De Barèges, Bourbonne et de Gurgitello.

Et puis si Saint-Amand se montrait infidèle,

Pourquoi n'iriez-vous pas trouver Aix-la-Chapelle?

On guérit, me dit-on, tous ceux que l'on envoie

A Balaruc, Guano, Cransac, Aix en Savoie.

Tâtez-en. S'il le faut, par le chemin de fer

Allez à Biarritz [1] prendre les bains de mer.

Que le mal au talon batte, élance ou fourmille,

Il faut se redresser et marcher sans béquille.

Car mon vœu le plus cher est qu'en tout cet écrit

Chacun de mes conseils ait obtenu son fruit.

Ainsi, muses des eaux ; nymphes des Pyrénées,

De myrthes, de lauriers, de roses couronnées,

Soyez dans vos rochers propices chaques jours

A ceux qui de vos eaux invoquent le secours !

Et toi, des bords du Rhin dryade enchanteresse,

Avec ton urne d'or dispense avec largesse

De tes diverses eaux les trésors précieux.

[1] Voir à la fin du volume le *Dictionnaire des eaux*.

Dieux d'Enghien, de Vichy guérissez les goutteux.

Barèges, si tes eaux ne sont point embaumées,

Tu n'en reçois pas moins nos belles parfumées.

Prête à tous leurs désirs ton efficacité ;

Rends-leur, si tu le peux, la grâce et la beauté.

Mercure aux ailes d'or, toi qui sers le mystère

Qui relie en tous lieux le ciel avec la terre ;

Toi, que plus d'un compère invoque chaque jour

Le long des tapis verts de Baden et Hombourg,

Souffre que ces beautés aux vastes crinolines,

Ces déités, ces fleurs blanches et purpurines,

Pour garder sur leur front la joie et la fraîcheur,

Naillent pas, comme on dit, trop jouer de malheur !

Que ceux qui, désertant leur femme et leur commune,

Vers ces bords inconnus courent chercher fortune ;

Puis en cas de revers, comptent se consoler

En revenant joueurs habiles à voler ;

Que ces infortunés, Mercure, je t'en prie,

Prennent goût au travail dans leur chère patrie !

Et toi, de l'Océan souverain généreux,

De qui le bras puissant et le front nuageux

De givres éternels hérissent les montagnes

Et portent la richesse en toutes nos campagnes,

Neptune, traite bien ces innocentes fleurs

Qui sur tes bords salins cherchent des jours meilleurs !

Et toi, joyeux Bacchus aux cruches toujours pleines,

Accorde à mes baigneurs tes grâces souveraines !

Que près de chaques eaux l'archet du violon

Enivre les échos des doux airs d'Apollon !

Que Vénus en tous lieux ranime la vieillesse,

Fasse rire et chanter la folâtre jeunesse !

Que l'onyx des rochers, les filons des ravins,

Des roses, des tilleuls que les parfums divins

Donnent à vos esprits parmi la solitude

L'amour de la nature et le goût de l'étude !

Et que le ciel partout, pour ses riches attraits,

Pour ses hautes faveurs, pour ses touchants bienfaits,

Près de chaque rocher, près de chaque fontaine

Entende célébrer sa grandeur souveraine !

Que les petits, les grands de leurs douleurs guéris

Fassent monter l'encens de leurs cœurs attendris !
Et tous ces fronts joyeux qu'un même objet rassemble,
De la fin de leurs maux louant le ciel ensemble,
Aussi moi je pourrai, dans le but que je sers,
Avec tous les baigneurs me mêler aux concerts.

LE BONHEUR.

Des vers sur le bonheur, pour celui qui s'amuse
Ou pour celui qui cherche un remède à ses maux ,
Ne sauraient de fadeur faire taxer ma muse :
Le bonheur est le but qui nous conduit aux caux.

Le bonheur, cet objet de toutes nos pensées,
Le bonheur pour lequel s'épuisent nos instants,
Et, duquel comme nous les époques passées
Ont fait l'unique but de leurs efforts constants,

N'est-il qu'un songe vain ?.. Quel peut donc être en somme
Ce rien ou ce trésor qu'on appelle bonheur,
Ce mobile puissant, cette idole de l'homme
Qui donne au bras sa force et l'espérance au cœur !...

Pareils à l'Africain sur son désert sauvage,
Dans l'objet de nos vœux et de tous nos efforts,
Ne rencontrerons-nous qu'un décevant mirage
Qui sans cesse en revers échange nos transports ?
Ou, serons-nous toujours comme l'homme en la fable,
Qui puise l'eau sans cesse et qui jamais ne boit.
Est-il enfin pour nous un bonheur véritable ?
Quels sont de ce bonheur le principe et la loi ?

Chaque homme en recevant et l'être et la pensée,
Du souverain auteur ne reçut pas par droit ;
Que la trame pour lui de pourpre et d'or tissée
A la félicité le conduirait tout droit ;
Le bonheur pour chacun n'est que son propre ouvrage,

Et se doit mesurer dans la somme d'ardeurs

Qu'à se juger lui-même à chaque heure il engage,

Prenant les coups du sort pour autant de faveurs.

Le bonheur ne connaît ni règle ni patrie ;

C'est le lot du petit comme celui du grand ;

C'est le charme du cœur, c'est le pain de la vie ;

Il est à qui le veut, il est à qui le prend.

A son propre bonheur souvent on se refuse.

Il frappe à notre seuil, on n'ouvre pas pour lui.

D'autre fois, sur son compte on trompe ou l'on s'abuse,

Car tel se dit heureux qui se ronge d'ennui.

S'il est dans nos pensées quelque chose de sage

C'est l'ardeur des mortels à chercher le bonheur.

L'homme qui n'en a pas un peu pour héritage

Est un enfant brouillon qui marche dans l'erreur.

Entre toutes les lois qui conservent la vie

Et dont le Créateur nous trace le devoir,

Celle qui doit par nous être le mieux suivie

C'est la loi du bonheur, loi d'amour et d'espoir.

4.

L'homme vers le bonheur doit aspirer sans cesse.

Le bonheur est un hymne au souverain auteur.

Le bonheur est pour nous la vie et la richesse.

Le vœu de la nature est pour nous le bonheur.

Que l'on n'oppose pas l'infortune et les larmes ;

Le deuil et ces poisons qui désolent nos jours ;

Des pays ravagés par la peste et les armes

Où se livrent assaut les loups et les vautours ;

Ces enfants expirant de faim et de misères

Près des debris fumants de leurs toits écroulés,

Sur les seins desséchés de leurs mourantes mères

Non loin de leurs aïeux par le fer immolés,

Pour grandir des Humains le cœur et les pensées.

Dieu parfois de mystère entoure ses moyens ;

Au milieu des brebis sur l'herbe délaissée

L'hyène sous le masque a surpris les gardiens.

Le trépas chaque jour, cruel, impitoyable,

Aveuglément par nous bien souvent préparé,

Abaisse incessamment son bras impitoyable,

Et laisse à sa douleur un cœur tout déchiré.

Mais la Nature ici dans ses voiles s'abime :

L'homme qui fend les mers n'a pas fait le vaisseau.

Dès qu'au souffle des vents la voilure s'anime

Il accepte la loi du dernier matelot.

Et qui veut être heureux le prenant pour modèle

Doit bénir les brouillards comme le plus beau jour ;

Dieu qui ne nous doit rien nous fait la part trop belle

Pour douter de ses soins comme de son amour.

DICTIONNAIRE DES EAUX

DONT IL EST PARLÉ DANS CE POÈME, AVEC LEUR COMPOSITION,
LEUR TEMPÉRATURE ET LEUR SITUATION GÉOGRAPHIQUE.

A

NOMS.	PAYS.	TEMPÉRATURE.	COMPOSITION.
AIX-LA-CHAPELLE.	Prusse.	Th. de 45 à 55°.	Chlorurées.
AIX-EN-SAVOIE.	Savoie.	Th. de 44 à 45°.	Sulfurées.
AMAND (ST-).	Dép. du Nord.	Th. à 22°.	Carbonatées.
AUDINAC.	Ariége.	Th. à 20°.	Sulfatées.
AULUS.	Ariége.	Th. à 20°.	Sulfatées.
AUTEUIL.	Seine.	Froides.	Ferrugineuses.
AX.	Ariége.	Th. à 70°.	Sulfurées.

B

NOMS.	PAYS.	TEMPÉRATURE.	COMPOSITION.
BADE.	G. Duch. de Bade	Th. de 45 à 65°.	Chlorurées.
BADEN.	Suisse.	Th. de 41 à 52°.	Sulfatées.
BAGNOLES.	Orne.	Th. de 25 à 27°.	Hydrosulfurées acidules.
BAGNÈRES-DE-LUCHON.	Haute-Garonne.	Th. de 30 à 62°.	Sulfureuses.
BAGNÈRES-DE-BIGORRE.	Hautes-Pyrénées	Th. à 48°. Froides.	Sulfatées. Ferrugineuses.
BALARUC.	Hérault.	Th. à 47°.	Acidules gazeuses.
BARÉGES.	Hautes-Pyrénées	Th. de 30 à 47°.	Sulfureuses.
BIARRITZ.	Basses-Pyrénées.	Bains de mer.	
BOULOGNE-SUR-MER.	Pas-de-Calais.	Bains de mer. Eaux froides.	Ferrugineuses.
BOURBOULE.	Puy-de-Dôme.	Th. de 31 à 52°.	Hydrosulfurées acidules.
BOURBONNE.	Haute-Marne.	Th. de 56° à 68,75	Très-chlorurées.
BOURBON - L'ARCHAMBAULT.	Allier.	Th. à 52°.	Chlorurées.
BOURBON-LANCY.	Saône-et-Loire.	Th. de 47 à 57°.	Chlorurées.
BUSSANG.	Vosges.	Froides.	Ferrugineuses carbonatées.

C

NOMS.	PAYS.	TEMPÉRATURE.	COMPOSITION.
CARLSBAD.	Bohême.	Th. à 73°,7.	Acidules gazeuses.
CHALLES.	Savoie.	Froides.	Sulfurées.
CONTREXEVILLE.	Vosges.	Froides.	Ferrugineuses.
CRANSAC.	Aveyron.	Froides.	Ferrugineuses.
CAMBO.	Basses-Pyrénées.	Th. à 25°.	Sulfurées.
CROISIC.	Loire-Inférieure	Bains de mer.	
CAUTERETS.	Hautes-Pyrénées	Th. 39°.	Sulfureuses.

E

NOMS.	PAYS.	TEMPÉRATURE.	COMPOSITION.
EMS.	Nassau.	Th. de 30 à 47°.	Acidules gazeuses.
ENCAUSSE.	Haute-Garonne.	Th. de 20 à 22°.	Sulfatées.
ENGHIEN.	Seine-et-Oise.	Froides.	Sulfatées.
EAUX-BONNES.	Basses-Pyrénées.	Th. de 26 à 28°.	Sulfureuses.
EVIAN.	Suisse.	Froides.	Acidules gazeuses.

G

NOMS.	PAYS.	TEMPÉRATURE.	COMPOSITION.
GAZOST.	Hautes-Pyrénées	Froides.	Sulfurées.
GASTEIN.	Autriche.	Th. de 39 à 47°.	Chlorurées.
GERVAIS (ST-).	Savoie.	Th. de 20 à 42°.	Sulfatées.
GUAGNO.	Corse.	Th. de 50 à 57°.	Sulfurées.
GUITERA.	Corse.	Th. de 45 à 53°.	Sulfurées.
GURGITELLO.	Ischia, île du r. de Naples.	Th. de 50 à 60°.	Acidules gazeuses.

H

NOMS.	PAYS.	TEMPÉRATURE.	COMPOSITION.
HAVRE (LE).	Seine-Inférieure	Bains de mer.	
HEILBRONN.	Wurtemberg.	Froides.	Chlorurées.
HOMBOURG.	Hesse.	Froides.	Chlorurées.

I

NOMS.	PAYS.	TEMPÉRATURE.	COMPOSITION.
ISCHIA.	Golfe de Naples.	Th. de 50 à 60°.	Chlorurées.
ISCHL.	Autriche.	Th. à 20°.	Chlorurées.

K

NOMS.	PAYS.	TEMPÉRATURE.	COMPOSITION.
KISSINGEN.	Bavière.	Froides.	Id. gazeuses.
KREUSNACH.	Prusse.	Th. de 19 à 30°.	Id. gazeuses.

L

NOMS.	PAYS.	TEMPÉRATURE.	COMPOSITION.
LAMALOU.	Hérault.	Th. de 23 à 35°.	Ferrugineuses.
LOECHE.	Suisse.	Th. de 31 à 51°.	Sulfatées.
LUCHON.	Haute-Garonne.	Th. à 57°.	Sulfurées.
LUXEUIL.	Haute-Saône.	Th. de 32 à 63°.	Chlorurées.

M

NOMS.	PAYS.	TEMPÉRATURE.	COMPOSITION.
MARIENBAD.	Bohême.	Froides.	Sulfatées.
MART (ST-).	Puy-de-Dôme.	Froides.	Acidules gazeuses.
MOLITG.	Pyrén.-Orient.	Th. à 21°.	Sulfureuses.
MONTMIRAIL.	Vaucluse.	Th. à 16°.	Sulfurées.
MONTE-CATINI.	Toscane.	Th. à 25°.	Chlorurées.

N

NOMS.	PAYS.	TEMPÉRATURE.	COMPOSITION.
NAUHEIM.	Hesse.	Th. à 52°.	Acidules gazeuses.
NECTAIRE (ST-).	Puy-de-Dôme.	Th. de 22 à 44°.	Acidules gazeuses.
NIEDERBRONN.	Bas-Rhin.	Th. à 71,80°.	Chlorurées.
NÉRIS.	Allier.	Th. à 52°.	Chlorurées.
NEYRAC.	Ardèche.	Th. à 27°.	Ferrugineuses.

O

NOMS.	PAYS.	TEMPÉRATURE.	COMPOSITION.
OREZZA.	Corse.	Froides.	Ferrugineuses carbonatées.

P

NOMS.	PAYS.	TEMPÉRATURE.	COMPOSITION.
PASSY.	Seine.	Froides.	Ferrugineuses.
PFEFFERS.	Suisse.	Th. à 37°.	Sulfatées.
PIERREFONDS.	Seine-et-Oise.	Froides à 12°.	Sulfurées.
PLOMBIÈRES.	Vosges.	Th. de 56 à 74°.	Sulfatées.
PORNIC.	Loire-Inférieure	Bains de mer.	
POSTDAM.	Prusse.	Th. à 27°.	Chlorurées.
PYRMONT.	Hanovre.	Froides.	Ferrugineuses.
PUZZICHELLO.	Corse.	Th. de 14 à 15°.	Sulfatées.

R

NOMS.	PAYS.	TEMPÉRATURE.	COMPOSITION.
ROYAT.	Puy-de-Dôme.	Th. à 35°.	Bicarbonatées.

S

NOMS.	PAYS.	TEMPÉRATURE.	COMPOSITION.
SAUVEUR (ST-).	Hautes-Pyrénées	Th. à 34°.	Sulfurées.
SAXON.	Suisse.	Th. à 24°.	Bicarbonatées.
SCHWALBACH.	Nassau.	Froides.	Ferrugineuses carbonatées.
SCHLAGENBAD.	Nassau.	Th. à 18°.	Acidules gazeuses.
SCHINZNACH.	Suisse.	Th. à 31°.	Sulfurées.
SELTZ ou SELTERS.	Nassau.	Th. de 15 à 20°.	Chlorurées.
SERMAISE.	Marne.	Froides.	Sulfatées.
SODEN.	Nassau.	Th. à 18°.	Bicarbonatées.
SOULTZMAT	Vosges.	Froides.	Ferrugineuses
SPA.	Belgique.	Froides.	Ferrugineuses
SYLVANÈS.	Aveyron.	Th. de 33 à 38°.	Ferrugineuses.

T

NOMS.	PAYS.	TEMPÉRATURE.	COMPOSITION.
TOEPLITZ.	Bohême.	Th. de 60 à 65°.	Bicarbonatées.

U

NOMS.	PAYS.	TEMPÉRATURE.	COMPOSITION.
USSAT.	Ariége.	Th. de 39 à 40°.	Sulfatées.

V

NOMS.	PAYS.	TEMPÉRATURE.	COMPOSITION.
VALS.	Ariége.	Froides.	Bicarbonatées.
VICHY.	Allier.	Th. 38°,5.	Alcalines gazeuses

W

NOMS.	PAYS.	TEMPÉRATURE.	COMPOSITION.
WEILBACH.	Allemagne	Th. à 20°	Sulfureuses.
WIESBADEN.	Nassau.	Th. à 67°.	Acidules gazeuses.
WILDEG.	Suisse (Argovie).	Th. à 10°.	Chlorurées.

St-Denis Typ. Drouard.